Hilary McKay · Karoline Kehr

Villa Paradies

Der Zoo auf dem Dachboden

Dieses Buch gehört:

____

Hilary McKay

Villa Paradies
Der Zoo auf dem Dachboden

Mit Bildern von Karoline Kehr
Aus dem Englischen
von Hans Ulrich Hirschfelder

Ravensburger Buchverlag

Die Deutsche Bibliothek – CIP-Einheitsaufnahme

McKay, Hilary:
Villa Paradies / Hilary McKay.
Mit Bildern von Karoline Kehr.
Aus dem Engl. von Hans Ulrich Hirschfelder. –
[Ravensburg]: Ravensburger Buchverl.
(Der blaue Rabe: Für Leseprofis)
Der Zoo auf dem Dachboden. – 1998
ISBN 3-473-34111-8

Die Schreibweise entspricht den Regeln der neuen Rechtschreibung.

4 3 2 1 98 99 00 01

Die englische Originalausgabe erschien
unter dem Titel „A Paradise House Story –
The Zoo in the Attic“
by Victor Gollancz, London.

Umschlagkonzeption: Ekkehard Drechsel
Umschlagbild: Karoline Kehr
Redaktion: Denise Strauss
Printed in Germany
ISBN 3-473-34111-8

Erstes Kapitel

Jn der Schule nannte man sie die Engel aus der Villa Paradies. „Sind euch schon Flügel gewachsen?“ und „Zeigt uns mal eure Heiligenscheine!“, sagten die Leute, aber das machte den Kindern, Danny, Nathan und Anna, nichts aus. Sie lebten gern in der Villa Paradies, und sie waren niemals wirklich in Gefahr, für etwas Himmlisches gehalten zu werden.
Die Villa Paradies war ein großes Haus und mehr als hundert Jahre alt. Sie stand in London, nicht genau in der Mitte, aber mehr in der Mitte als am Rand. Dies fand zumindest Nathan, als er einen Stadtplan betrachtete, den sein Vater (der Busfahrer war) mit nach Hause gebracht hatte, um den Kindern zu zeigen, wo genau sie wohnten.

„Der Zoo ist leicht zu erreichen“, fügte Danny O’Brien hinzu und betrachtete liebevoll den grünen Fleck, Regent’s Park, wo der Zoo war. Danny war für seine Tierliebe bekannt, und der Zoo war ihm der liebste Platz auf der Welt. Früher war die Villa Paradies das Zuhause einer reichen Familie gewesen. Sie hatte ein Kellergeschoss (ziemlich

trostlos und düster), wo die Hausangestellten gearbeitet hatten, ein Erdgeschoss (äußerst piekfein), wo die Familie gewohnt hatte, einen ersten Stock (immer noch ziemlich piekfein), wo die Familie geschlafen hatte, und einen zweiten Stock (überhaupt nicht piekfein). Dort hatten die Kinder ihre Zimmer gehabt, und die Hausangestellten hatten ebenfalls auf diesem Stock geschlafen, wenn sie nicht gearbeitet hatten. Quer über das ganze Haus erstreckte sich ein riesiger Dachboden.
Seit diesen guten alten Zeiten (wenn man zur Familie gehörte) oder schlechten alten Zeiten (wenn man Hausangestellter war) hatte sich alles verändert. Das Haus war in Wohnungen aufgeteilt worden, jede mit zwei, drei oder vier Zimmern, und alle möglichen Leute wohnten darin.

Die hellen, kunstvoll verzierten Zimmer unten waren mit der Zeit schlichter geworden. Die schlichten Zimmer oben

waren etwas freundlicher geworden. Nur der Dachboden war unverändert: Wie schon damals war er voller Spinnen.

Danny O'Brien und seine Mutter hatten eine Wohnung oben rechts, unter dem Dachboden. Sie wohnten da, wo früher die Kinder gelebt hatten. Dannys Zimmer hatte noch das Gitter vorm Fenster, das bewies, dass es früher ein Kinderzimmer gewesen war. Danny liebte das Gitter, es erinnerte ihn an den Zoo.
Anna Lee und ihre Eltern wohnten unter Danny und seiner Mutter. Jhre Familie kam aus China. Nathan Amadis Familie, die in der Wohnung unter Anna wohnte, war vor Jahren aus Nigeria nach London gekommen. Obwohl beide Familien seit langem in London lebten, gaben die Kinder die Hoffnung nicht auf, dass eines Tages Verwandte von Nathan oder Anna plötzlich in der Villa Paradies auftauchen und sie alle für die Ferien nach Hause einladen würden.

Danny, Anna und Nathan waren alle in derselben Klasse. Außerhalb der Schule verbrachten sie so viel Zeit damit, die Treppe rauf- und runterzupoltern, um sich gegenseitig zu besuchen, dass ihre Eltern nie genau wussten, wo sie gerade waren. „Manchmal ganz praktisch", bemerkte Anna. Danny und Nathan stimmten ihr zu. Es wohnten auch noch andere Leute in der Villa Paradies. Jm Kellergeschoss lag ein ziemlich schlecht gelaunter Hausmeister auf der Lauer. Er hieß Herr McDonald, die Kinder nannten ihn aber immer nur den alten McDonald. Zwei alte Damen, die Schwestern Kent, teilten sich die Erdgeschosswohnung, die gegenüber der Wohnung von Nathan lag. Sie wohnten seit Jahren in der Villa Paradies. Der alte McDonald aber hatte schon immer dort gewohnt. Er war der Einzige,

der sich noch an die Villa Paradies erinnern konnte, bevor sie in Wohnungen aufgeteilt worden war. Sein Vater hatte für die Leute gearbeitet, denen die Villa gehört hatte, und der alte McDonald war „im Kellergeschoss geboren worden", was er jedem gern erzählte.
Aber selbst bei all diesen Leuten, die in der Villa Paradies wohnten, gab es noch Wohnungen, die leer standen.
„Jch wünsch mir, dass da jemand Brauchbares einzieht", sagte Danny eines Tages.
„Wie meinst du das, brauchbar?", fragte Anna.
„Vielleicht ein Tierpfleger", sagte Danny. „So einer, der manchmal Tiere mit nach Hause bringen muss."
„Gibt es denn so was?", fragte Anna zweifelnd.

„Oder ein Polizist mit Schäferhunden. Oder ein berittener Polizist mit einem Pferd.“

„Die nehmen doch ihre Pferde nicht mit nach Hause“, sagte Anna.

„Oder der Besitzer einer Zoohandlung. Oder einfach jemand mit vielen Hunden und Katzen.“

„Die Schwestern Kent hatten einen Kanarienvogel“, sagte Anna. „Aber er ist gestorben. Deshalb haben sie sich überlegt, ob sie nicht stattdessen einen Papagei kaufen sollen. Also sind sie losgegangen und haben nach dem in der Zoohandlung unten in der Straße gefragt …“
„William?“, unterbrach Danny, der die Zoohandlung gut kannte.

„Ja, William“, sagte Anna. „Aber sie haben ihn nicht gekauft.“
„Gut!“, sagte Danny. „Wenn ich nächste Woche zum Geburtstag genug Geld bekomme, kauf ich ihn mir vielleicht.“
„Du kaufst ihn dir bestimmt nicht“, sagte Anna. „Er kostet nämlich sechshundert Mark!“
„Sechshundert Mark!“, wiederholte Danny.
„Deswegen haben die beiden Schwestern Kent ihn nicht gekauft“, erklärte Anna.
„Für sechshundert Mark könnten sie einen ganzen Zoo kaufen“, bemerkte Danny.
„Sie würden aber keinen ganzen Zoo haben wollen“, sagte Anna. „Wo soll denn jemand einen ganzen Zoo unterbringen?“
„Jch wüsste da einen Ort“, sagte Danny.

Am Tag vor Dannys neuntem Geburtstag scheuchte ihn seine Mutter aus dem Bett und unter die Dusche. Anschließend drängte sie ihn, sich anzuziehen und zu frühstücken, und das alles, bevor er Zeit hatte, richtig wach zu werden, um zu

protestieren. Dann ließ sie ihn alles, was er tragen konnte, aus seinem Zimmer in ihres bringen und dort abstellen.
„Warum?“, fragte Danny und wankte verschlafen mit einer Ladung Tierbücher hinter ihr her.

„Geheim“, sagte Dannys Mutter und sammelte einen Arm voll Stoff- und Plastiktiere ein. Dann schnappte sie sich noch das lebensgroße Stoffkrokodil, in dem Danny seinen Schlafanzug aufbewahrte.

„Hat es etwas mit meinem Geburtstag zu tun?“

„Vielleicht“, sagte seine Mutter.

„Weißt du schon, was du mir schenkst?“

„Natürlich.“ Dannys Mutter fischte unter Dannys Bett herum, wo Danny sein Naturkundemuseum aufbewahrte, und zog etwas Abscheuliches in einem Marmeladeglas hervor.

„Was ist das denn für ekliges Zeug?“, wollte sie wissen.

„Sumpfwasser“, sagte Danny.

„Was um alles in der Welt ist Sumpfwasser?“

„Geheimrezept“, sagte Danny und rettete das Glas zusammen mit einem Hirschgeweih, einem alten Vogelnest und einer Schachtel mit toten Fliegen und Bienen, die er im Park gesammelt hatte. „Es ist das gleiche Zeug, in dem die Dinosaurier gelebt haben, außer dass sie Farne hatten anstatt Salat. Hast du mein Geburtstagsgeschenk schon gekauft?“

„Natürlich“, sagte seine Mutter. „Es ist schon vor Wochen bestellt worden!“ Dannys Miene hellte sich gewaltig auf, und er stürzte los, um seine Arche-Noah-Steppdecke, seine Aal-Lampe und seinen Bettvorleger mit den Dinosaurierfußabdrücken wegzutragen.

Als er zurückkam, um die nächste Ladung zu holen, nahm seine Mutter gerade die Poster von den Wänden ab. „Warum machst du die denn ab?“, wollte Danny wissen.
„Das wirst du morgen schon sehen“, antwortete seine Mutter.
„Wenn ich doch bloß wüsste, was du mir schenkst“, sagte Danny. Diese Bemerkung machte er während der nächsten halben Stunde noch ungefähr vierzigmal, bis seine Mutter schließlich die Geduld verlor.
„Ab in die Schule!“, ordnete sie an.
„Jch hab noch nicht mal richtig zu Ende gefrühstückt!“, protestierte Danny. „Jch hatte noch gar kein Toastbrot!“
Seine Mutter schnitt zwei Scheiben Brot ab und stopfte sie in den Toaster.
Während sie darauf wartete, dass sie

knusprig wurden, verbrachte Danny die Zeit damit, unaufhörlich und ganz leise zu sich zu sagen: „Jch frag mich, was du mir schenkst. Jch frag mich, was du mir schenkst …“ Er sagte es leise zu sich selbst, immer und immer wieder.

„Danny“, warnte ihn seine Mutter.

„Jch hab mich ja bloß gefragt“, sagte Danny, „für den Fall, dass ich mich vorbereiten sollte. Hundekuchen kaufen oder so was.“

Seine Mutter beachtete diesen deutlichen Wink nicht.

„Wenn ich doch bloß wüsste“, sagte Danny. „Wenn ich doch bloß wüsste, wenn ich doch bloß wüsste, wenn ich doch bloß …“

„Tapeten!“, rief seine Mutter, und die Küche füllte sich mit schwarzem Qualm.

„Was?“

Super Toast

„Tapeten, Tapeten, Tapeten! Verflixt noch mal! Der Toaster hat sich verklemmt! Du musst das Brot so essen!“
„Du kannst mir doch keine Tapeten gekauft haben“, sagte Danny entrüstet. „Tapeten sind kein Geschenk!“
„Jch habe, und ich kann, und sie sind, und ich kleb sie heute dran, und meine Kollegin Penny kommt, um mir zu helfen. Morgen zu deiner Party wird alles fertig sein, und übrigens, ich hab Anna eingeladen.“
„Jch will keine Tapeten! Und ich lade keine Mädchen ein!“
„Diese Tapeten wirst du bestimmt wollen“, sagte seine Mutter. „Und wir werden Anna sehr wohl einladen, wo sie doch direkt unter uns wohnt. Das ist bloß fair. Jmmerhin bist du auch zu Annas Party gegangen.“

Danny hörte auf, wegen Anna zu widersprechen. Jhr Kommen störte ihn nicht. Er hätte sie selbst eingeladen, wenn er vorgehabt hätte, Mädchen einzuladen. Stattdessen kam er auf das viel wichtigere Thema seines Geburtstages zurück.

„Was schenkst du mir noch außer Tapeten?“

„Nichts“, sagte seine Mutter.

„Soll das ein Witz sein?“

„Nein!“

„Und was ist mit dem, was ich mir gewünscht hab?“

„Danny“, sagte seine Mutter. „Du bist unverschämt, lächerlich und nervig!“

„Du kannst mir doch keine Tapeten schenken!“, protestierte Danny. „So gemein kannst du nicht sein!“

„Ach, kann ich nicht?“, antwortete seine

Mutter. „Da liegst du aber falsch! Ab in die Schule!“ Dann drückte sie ihm einen Kuss auf und schob ihn zur Tür hinaus.

Als Danny endlich in die Schule kam, war es so spät, dass niemand da war, um sich seine unglaubliche, furchtbare Neuigkeit anzuhören. Alle waren schon in der Klasse. Herr Harper, Dannys Klassenlehrer, überprüfte gerade die Anwesenheit. Danny schlich sich hinten hinein, setzte sich und explodierte fast, bis Herr Harper sagte: „Na denn. Fünf Minuten Tratsch, und dann fangen wir an zu arbeiten! Wer hat eine gute Nachricht, die er uns erzählen kann?“
Niemand rührte sich.
„Eine gewöhnliche Nachricht?“
Niemand rührte sich.
„Eine schreckliche Nachricht?“

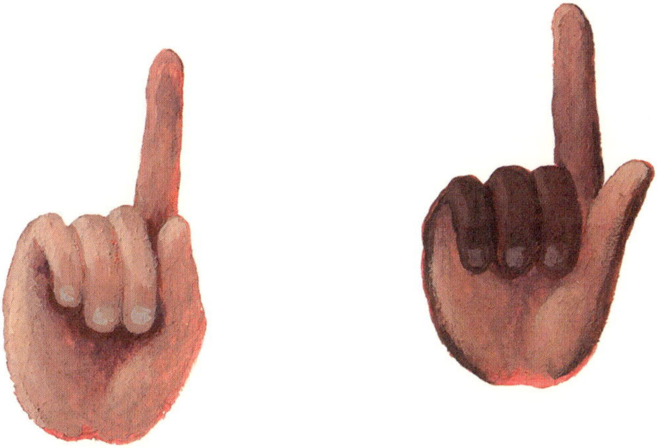

Zwei Hände flogen in die Höhe. Nathan schlug Danny um Haaresbreite. Nathan hatte am Abend zuvor eine umwerfende Neuigkeit erfahren. Seine Augen waren von dem Schreck noch kugelrund.

„Meine Mama kriegt ein Baby!“, verkündete er.

„Sehr schön“, sagte Herr Harper. „Das ist keineswegs eine schlechte Nachricht.“

Nathan starrte ihn an, als sei er nicht ganz dicht.

„Vielleicht kriegt sie Zwillinge“, schlug

Arun Patel gemeinerweise vor. „Meine Mama hat welche!“
„Zwillinge!“, stieß Nathan entsetzt hervor.
„So war’s bei meiner“, sagte Arun. „Zwei auf einmal!“
„Arun!“, sagte Herr Harper warnend. „Wir sollten Nathan erst mal Zeit lassen, sich an den Gedanken eines Babys zu gewöhnen, oder? Wer hat sich noch gemeldet? Ja, Danny?“
Danny, der vor Ungeduld schon platzte, sprang von seinem Stuhl auf und verkündete: „Jch hab rausgefunden, was ich zum Geburtstag kriege.“
„Jst es das, was du dir gewünscht hast?“, erkundigte sich Anna gespannt.
Es gab niemanden in der Klasse, der nicht wusste, was er sich gewünscht hatte. Er hatte sich einen Schäferhund gewünscht. Wenn das nicht möglich war,

hätte es ein gewöhnlicher Hund auch getan, oder sogar eine Katze. Genau genommen alles, was lebendig und keine Pflanze war.
Alle wussten auch, dass Danny und seine Mutter in einer kleinen Wohnung lebten und dass er genauso gut davon hätte träumen können, ein paar Kamele zu besitzen. Seine Chancen, eins von beiden zu bekommen, waren etwa gleich groß. Nur die optimistische Anna hatte geglaubt, dass sein Traum wahr werden könnte.
„Nun mach schon, Danny!“, sagte Herr Harper. „Spuck’s aus, bevor wir vor Neugier platzen!“
„Tapeten!“, sagte Danny.
Einen Augenblick lang herrschte furchtbare Stille, und dann beeilten sich Dannys Freunde, ihn zu trösten.

„Jch hab mal Mathebücher bekommen“, bemerkte Anna unaufgefordert.
„Meine Oma hat mir Hausschuhe mit einem Reißverschluss zu Weihnachten geschenkt“, sagte Nathan.
„Meine Oma hat mir einen Pumuckl-Pullover gestrickt“, sagte Peter.
„Ausgerechnet blassblau, und so groß, dass ich noch reinwachsen kann. Und Pumuckl war drauf, wie er unter einem Regenbogen hindurchfährt!“
„Jch hab vor gar nicht langer Zeit eine eklige Fleischpastete zum Geburtstag bekommen“, fügte Herr Harper hinzu.
„Und ich hab sie gegessen! Es gibt Schlimmeres als Tapeten, Danny! Besonders wenn sie jemand für dich anklebt.“
„Sie macht sie heute dran“, sagte Danny.
„Sie und ihre Freundin, die mit ihr

zusammen beim Frisör arbeitet. Sie haben sich einen Tag freigenommen."
„Nun gut", sagte Herr Harper, und alle schienen anzunehmen, dass der Fall damit erledigt war. Danny bekam Tapeten zum Geburtstag, aber seine Freunde hatten auch schon mal fast genauso schlimme Geschenke bekommen.
Nathans Mutter bekam ein Baby, aber Aruns Mutter hatte Zwillinge bekommen, und Arun hatte die Katastrophe überlebt.
Sogar Herr Harper hatte einmal eine eklige Fleischpastete gegessen.
Manchmal war das Leben hart.
„Einmaleins-Test!", sagte Herr Harper.
Das Leben war sehr hart.

Zweites Kapitel

„Vielleicht war das mit den Tapeten nur ein Witz“, sagte Anna, als sie mit Danny am Nachmittag von der Schule nach Hause ging. Aber in dem Moment, als sie die Treppe zur Haustür hinaufgingen, wussten sie, dass es stimmte.
Jn der Villa Paradies verbreiteten sich Gerüche rasend schnell. Sie zogen auf unsichtbaren Wegen durchs Haus. Ein Mülleimer im Erdgeschoss, der nicht ausgeleert war, stank bis auf den Dachboden hinauf. Currygerichte, die im Obergeschoss gekocht wurden, dufteten noch in der Eingangshalle. Als Danny und Anna die Haustür aufstießen, bemerkten sie sofort den Geruch von frischer Farbe und Tapetenkleister, der ihnen die Treppe hinunter entgegenkam.

„Stimmt wohl doch“, sagte Danny, als sie an Nathans Wohnungstür vorbeikamen und die Treppe hochgingen. „Jch kann’s riechen!“

Anna seufzte. Sie konnte es auch riechen.

Oben an der Treppe vor ihrer Wohnungstür blieb sie stehen und starrte Danny besorgt an. „Soll ich mitkommen?“, fragte sie.

„Jch möchte lieber allein sein“, sagte Danny trübsinnig. „Du wirst es dann ja morgen bei der Party sehen.“

„Ja, werd ich wohl“, stimmte Anna zu. Jhre eigene Geburtstagsparty, mit richtigem chinesischen Essen und Papierdrachen, die sie im Park hatten steigen lassen, war solch ein sensationeller Erfolg gewesen, dass sie sich fast schämte, sich daran zu erinnern.

Der Tapeziergeruch war jetzt so stark, dass Danny bemerkte, wie seine Augen brannten und er blinzelte.

Bei Anna musste es dieselbe Wirkung gehabt haben, denn als er sich umdrehte, um den letzten Treppenabsatz hochzugehen, sah er, dass zwei große runde Tränen ihre Wangen herunterkullerten.

„Nun sei nicht eingeschnappt, Danny!“, sagte seine Oma. Sie war vorbeigekommen, um beim Saubermachen zu helfen, und blieb noch zum Abendessen. „Bin ich ja gar nicht“, sagte Danny. „Du bist manchmal wie dein Vater“, sagte Oma vergnügt. „Er war ganz groß darin, eingeschnappt zu sein, bevor er abgehauen ist!“
„War er nicht“, behauptete Danny. Obwohl er sich nicht mehr an seinen Vater erinnern konnte, denn der war abgehauen, wie Oma es ausdrückte, als Danny erst ein paar Monate alt war. „Lass ihn in Ruhe!“, sagte Dannys Mutter. „Er ist nicht eingeschnappt, er denkt nach.“

„Du warst auch so eine entsetzlich beleidigte Leberwurst“, sagte Oma zu ihr. „Und schnippisch! Du bist immer noch schnippisch! Willst du nicht in dein Zimmer gehen und es dir angucken, Danny?“

„Es ist noch nicht mein Geburtstag“, sagte Danny, ohne seine düsteren Gedanken zu unterbrechen.

„Zur Schlafenszeit wirst du es dir aber angucken müssen“, meinte Oma.

„Werd ich nicht“, sagte Danny.

Und zur Schlafenszeit machte er die Augen einfach schon an der Zimmertür fest zu, tastete sich durchs Zimmer zu seinem Bett, fummelte sich in seinen Schlafanzug und verkroch sich unter der Decke. Das alles, ohne einen Blick auf seine Wände zu werfen. Jn der Dunkelheit, unter der Decke, waren seine

Gedanken noch düsterer, und manchmal rieb er sich die Augen und schniefte. „Danny“, sagte seine Mutter, als sie wenig später hereinkam, „wir könnten uns unmöglich einen Schäferhund halten!“ „Könnten wir doch“, sagte Danny, und wegen der Decke klang es sehr gedämpft. „Er könnte bei mir im Bett schlafen.“

„Und was soll er hier den ganzen Tag allein machen?“
„Er könnte auf dem Dachboden spielen“, sagte Danny, der sich das schon vor langer Zeit ausgedacht hatte.
„Ganz allein mit den Spinnen?“
„Wir könnten ja zwei haben“, sagte Danny und kam fast fröhlich unter der Decke hervor. „Sie könnten zusammen spielen!“
„Unmöglich“, sagte Dannys Mutter, sodass Danny sich noch tiefer ins Bett verkroch und angestrengter denn je nachdachte, bis er einschlief. Und urplötzlich war es Morgen, und zum ersten Mal sah er sein Geburtstagsgeschenk.
Da wusste Danny, warum seine Mutter die Tapeten einfach so und ohne Rücksicht auf seine Gefühle gekauft und angeklebt hatte. Sie konnten für niemanden außer ihn gemacht sein.

Das ganze Zimmer war mit Tieren bedeckt. Vom Fußboden bis zur Decke wimmelte es von Papageien und Elefanten und Löwen und Bären. Es gab nicht eine einzige Lücke zwischen ihnen. Jedes Tier, von dem Danny je gehört hatte, war auf seinen Wänden zu finden. Fische, Vögel, Schmetterlinge und Käfer füllten die kleinen Stellen zwischen den vielen verschiedenen großen Tieren. Hunderte von Papieraugen beobachteten, wie Danny aufwachte.

„Na!", sagte Dannys Mutter triumphierend von der Tür her. „Magst du jetzt Tapeten zum Geburtstag?"

„Na klar!", sagte Danny tapfer. „Sie sind toll!"

Und brav schaute er sich die flachen, stillen Papiertiere an und versuchte, nicht an seinen Schäferhund zu denken.

Natürlich bekam Danny auch andere Geschenke. Von seiner Tante kriegte er einen Baukasten zum Basteln eines Dinosaurierskeletts und von seiner Oma einen dicken Briefumschlag, der sieben Eintrittskarten für den Zoo enthielt. Eine für jeden Partygast und eine für seine Mutter. Es war klar, dass Dannys Verwandte ihr Bestes getan hatten, um Geschenke auszuwählen, die so viel wie möglich mit lebenden Tieren zu tun hatten.

Der Besuch im Zoo war ein voller Erfolg. Dannys Gäste waren begeistert.

„Kommt mal her und seht euch meine tollen Elefanten an!", sagte Nathan.

„Warum deine?", fragte Danny, der entschieden der Ansicht war, dass alle herrenlosen Tiere ihm gehören sollten, weil es seine Geburtstagsparty war.

Panthera
Tiger
Bitte nicht
streicheln

Nathan zeigte stolz auf das Schild, auf dem stand: „Afrikanische Elefanten“. Arun beteiligte sich natürlich sofort an dem Suchspiel und bediente sich schnell an den Tigern und nahm sich auch noch die meisten Affen.
„Das ist nicht fair!“, beschwerte sich Danny. „Du bist nie in Jndien gewesen!“
Arun nahm davon keine Notiz und schnappte sich noch ein großes Rudel Hirsche. Nathan fügte seiner Sammlung einige Giraffen und zum Schluss noch ein Dutzend Zebras hinzu, und Robert und Peter erinnerten sich dankbar daran, dass sie eine schottische Großmutter hatten, und nach kurzer Suche entdeckten sie drei Steinadler, die sie sich dann teilten.
„Es waren Eintrittskarten zu meinem Geburtstag!“, protestierte Danny ärgerlich. „Was ist mit mir?“

„Tauben", sagte Arun.
„Jch will keine Tauben!"
„Wölfe?", schlug Anna freundlich vor.
„Es gibt keine Wölfe in England!", sagten Robert und Peter sofort. „Es gibt überhaupt keine richtigen Tiere in England! Jedenfalls keine, die gut genug für einen Zoo sind!"
„Jch finde, das ist ein mieses Spiel", sagte Anna. Aber als sie zu dem riesigen Panda kamen, konnte sie trotzdem nicht widerstehen mitzumachen. Sie stand vor dem Käfig, grinste und grinste und konnte nicht überredet werden, sich von ihm zu trennen, bis es Zeit war, zum Geburtstagstee nach Hause zu gehen.
Jnzwischen zeigte Danny Anzeichen, dass er wieder mit seiner Grübelei angefangen hatte, die dem Schmollen so sehr ähnelte.

„Du kannst dich an dem Panda beteiligen, wenn du willst“, bot Anna an, als sie gingen.

„Danke“, sagte Danny traurig.

„Jch hab ein richtiges Geschenk für dich“, sagte Anna.

„Danke“, sagte Danny wieder. Doch dann

erinnerte er sich: „Nein, hast du nicht. Du hast gar nichts mitgebracht.“
„Mama sagte, ich soll ihn daheim lassen, bis wir nach Hause kommen“, erklärte Anna.
„Jhn?“, fragte Danny erstaunt.
„Ja“, sagte Anna stolz, und als sie wieder in der Villa Paradies ankamen, holte sie ihr Geschenk hervor.

„Er heißt Oskar“, sagte sie zu Danny. „Jch weiß, es ist kein Schäferhund, aber er ist wirklich lebendig!“
„Jst der schön!“, sagte Danny überwältigt. Und Oskar, fett und golden und Runde für Runde in seinem Goldfischglas schwimmend, war wirklich schön. Niemand sonst schien Oskar für sonderlich aufregend zu halten. Sie bewunderten ihn ein paar Minuten höflich, zogen aber mehr die Tapeten und den riesigen Geburtstagskuchen vor. Nur Danny und Anna meinten wirklich, dass acht Zentimeter eines echten, lebenden Tieres besser waren als all die unechten, gemalten.
„Mein Vater hat ihn für dich besorgt“, sagte Anna. „Er hat ihn Oskar genannt, weil er auch mal einen hatte, der Oskar hieß. Der hatte sogar gelernt, sein Futter

abzuholen, wenn man ihn gerufen hat. Jch soll dir von meinem Vater sagen, dass dies ein kleiner goldener Karpfen ist und dass er sehr klug ist.“

„Das sieht man, dass er klug ist“, stimmte Danny zu. „Oskar wird der Anfang sein.“

„Der Anfang von was?“, fragte Anna.

„Von etwas, über das ich im Bus nach Hause nachgedacht habe.“

„Hast du deshalb mit niemandem reden wollen? Jch hab gedacht, du warst …“

„War ich nicht“, sagte Danny. „Jch hab über meinen Zoo auf dem Dachboden nachgedacht.“

„Was für ’n Zoo? Was für ’n Dachboden?“, fragte Anna verblüfft.

„Pssst!“ Danny schaute beim Sprechen warnend zu seiner Mutter hinüber. Er war sicher, dass sie von der Jdee eines Zoos über ihrem Kopf nicht erfreut wäre.

„Warum? Was für ’n Zoo? Was für ’n Dachboden?“, beharrte Anna.
„Erzähl ich dir ein andermal“, versprach Danny.
Jn diesem Moment erschien Roberts und Peters Vater, um sie nach Hause zu bringen.
Kurz darauf kam auch Nathans Mutter die Treppe hoch, um Nathan und Arun abzuholen. Arun sollte bei Nathan schlafen.
„Wie geht’s den Zwillingen?“, fragte Nathans Mutter Arun.
„Weiß ich nicht“, sagte Arun, nachdem er einen Moment verwirrt nachgedacht hatte. „Jch hab sie schon eine ganze Weile nicht mehr angesehen.“
„Schon Zeit zu gehen?“, fragte Annas Vater, der nun auch in der Tür erschien.
„Herzlichen Glückwunsch, Danny! Jch

sehe, sie hat es also doch geschafft, sich von Oskar zu trennen! Es war ganz schön knapp, was, Anna?“

„Papa!“, flüsterte Anna verärgert.

„Du warst nahe dran, eine Schachtel Lakritze zu bekommen!“, fügte Annas Vater taktlos hinzu.

Danny schaute Oskar bestürzt an, und Oskar schaute ernst zurück.

„Wie wär’s, wenn wir ihn uns teilen?“, schlug Danny vor.

Damit hatte er offensichtlich genau das Richtige gesagt. Seine Mutter hörte auf, ihn anzustarren, Annas Vater klopfte ihm anerkennend auf den Rücken, und Anna seufzte erleichtert.

„Sie hat ihn letzte Nacht mit ins Bett genommen“, erklärte ihr Vater.

„Jm Dunkeln schwimmt er schneller“, sagte Anna.

Danny lag im Dunkeln und schaute Oskar zu. Er schwamm wirklich schneller. Er flackerte wie ein goldgrauer Geist eines Goldfischs, halb unsichtbar. Und genau in diesem Augenblick hätte Danny ihn nicht gegen einen ganzen Dachboden voller Schäferhunde getauscht.

Drittes Kapitel

Hinter einer Tür neben der Küche von Dannys Mutter führte die Treppe zum Dachboden hinauf. Sie sollte eigentlich immer geschlossen sein, aber bald nachdem Danny und seine Mutter in ihre Wohnung eingezogen waren, fanden sie einen Schlüssel, der in das Schloss passte. Sie kletterten die Treppe hoch, um den Dachboden zu untersuchen. Aber da gab es überhaupt nichts zu sehen außer grauen, staubigen Dielenbrettern, den Unterseiten grauer Schieferziegel und Girlanden dicker, grauer Spinnweben.

Dannys Mutter, die Spinnen nicht mochte, hatte einen entsetzten Blick auf die Spinnweben geworfen und war nie wieder auf den Dachboden gegangen. Die Tür wurde verschlossen und der Schlüssel zurückgehängt an den Haken, wo er hingehörte. Dannys Mutter hatte den Dachboden fast vergessen. Aber Danny nicht. Manchmal, nach der Schule, wenn seine Mutter weg war und ihm die Wohnung verlassen vorkam, nahm er den Schlüssel von der Badezimmertür und schlich die Treppe hinauf, um die Spinnweben zu bewundern.

„Das wäre ein perfekter Zoo!“, sagte er zu Anna am Montag nach seiner Geburtstagsparty. „Durch die Ritzen zwischen den Ziegeln kommt eine Menge Licht, und voller Tiere ist er auch schon!“
„Was für Tiere?“, fragte Anna.
„Spinnen“, sagte Danny.
„Oh“, sagte Anna.

„Du hast doch keine Angst vor Spinnen, oder?“, fragte Danny.
„Kommt drauf an“, sagte Anna.
„Sie sind viel kleiner als du.“
„Aber sie haben mehr Beine“, sagte Anna und hielt Oskars Glas krampfhaft fest, als sie Danny die Treppe zum Dachboden hinauf folgte.

„Die Spinnen können wir gebrauchen", sagte Danny ermutigend. „Schon zwei Tierarten. Spinnen und ein goldener Karpfen!"
„Man kann ja den Himmel durchs Dach sehen!", rief Anna aus, als sie oben waren. „Und was ist das für ein Lärm?"
Der Lärm war das scharrende Geräusch von Vögeln auf dem Dach, aber das fanden sie erst heraus, als sie einen Dachziegel entdeckten, der locker genug war, um ihn ein wenig zur Seite zu schieben. Ein Rechteck blauen Himmels wurde über ihren Köpfen sichtbar, und Flügelrauschen war zu hören.
„Spatzen!", rief Danny hocherfreut. „Drei Tierarten! Gefällt es dir?"
„Jetzt, wo wir die Lücke gemacht haben, gefällt es mir schon besser", sagte Anna. „Wir machen sie größer und legen Brot

hin. Dann kommen die Spatzen rein und leisten Oskar Gesellschaft.“
„Und wenn sie die Spinnen fressen?“
„Spinnen haben wir massenhaft“, sagte Danny gelassen. „Vielleicht kommen ja auch Ratten und Mäuse!“
„Also, Mäuse würden mir nichts ausmachen …“, sagte Anna.

So fing das mit dem Zoo an. Die Spatzen kamen fast sofort, und ihr Futter verschwand so schnell, dass Danny große Hoffnungen hatte, dass auch Ratten und Mäuse da gewesen waren. Es war erstaunlich, wie leicht sie Tiere entdeckten, wenn sie nur genau hinguckten. Bald schon gab es einen Schuhkarton voller Asseln und mehrere Marmeladegläser voller Raupen. Diese hatten sie durch eine Reihe von Tauschgeschäften mit Nathan erstanden, dessen Großvater einen Schrebergarten hatte. Nathan lieferte ihnen auch löchrige Salatblätter als Raupenfutter.

„Jedes einen Pfennig!", grummelte Danny. „Und das hier ist mehr Loch als Blatt!"

„Aber wir kriegen manchmal Raupen umsonst!", betonte Anna, die ja die Rechnungen nicht bezahlte. Sie mochte die Raupen sehr und war ganz

beunruhigt, als sie aufhörten zu fressen und sich an die Seiten der Gläser hängten und braun wurden.
„Dazu sind sie doch da“, erklärte Danny. „Sie verwandeln sich in Schmetterlinge.“
„Jch weiß, aber ich wünschte, sie würden es nicht tun“, sagte Anna. „Jch kann nicht mehr erkennen, welche welche ist!“
Nach einer Weile gab sie ihre Versuche auf, mit den hängenden Raupen Freundschaft zu schließen, und konzentrierte sich auf ihre Ameisensammlung. Sie hatten unter der Eingangstreppe einen riesigen Vorrat entdeckt. Der alte McDonald führte einen beständigen aussichtslosen Krieg gegen diese Ameisenkolonie, aber es schienen nie weniger zu werden. Es war aber gut, dass es so viele waren, denn die Zooameisen entflohen immer wieder.

„Gestern hab ich sechzehn mitgebracht, und sie sind alle verschwunden“, bemerkte Anna eines Nachmittags.

„Jch hoffe, dass deine Schnecken sie nicht gefressen haben!“

Dannys sechs Schnecken waren fast so schwer eingesperrt zu halten wie die Ameisen.

Die Asseln waren auch nicht viel besser und ebenso wenig der große schwarze Käfer, den sie Herr-Harper-in-der-Schachtel genannt hatten, um ihn von Herrn Harper, ihrem Lehrer, zu unterscheiden.

Danny und Anna waren mit ihrer Sammlung sehr beschäftigt. Sie entwarfen ausbruchsichere Käfige, richteten Ziegel so ein, dass durch das Dach möglichst viel Sonnenlicht hereinfiel, machten Beschriftungen für die einzelnen Dosen und Schachteln und zerkleinerten Kohlköpfe und Brotkrumen in der Zooküche. Oskar beobachtete sie geduldig, während sie arbeiteten, und schwamm Runde um Runde in seinem Glas. Nie zuvor hatte es einen Goldfisch gegeben, der so geliebt und so viel herumgetragen wurde wie Oskar.

Harper-in
isen

„Der arme Fisch!“, sagte Dannys Oma eines Tages. „Er weiß nicht mehr, wo ihm der Kopf steht!“
Manchmal zog Oskar dreimal am Tag um.
„Ein einziges Hin und Her“, sagte Oma. „Jhr werdet ihn eines Tages noch fallen lassen, so wie ihr ihn rumschleppt. Den lieben langen Tag hoch zu dir und wieder runter zu Anna!“
Oma wusste nichts von dem Zoo auf dem Dachboden. Niemand wusste davon.
Ganz zu Anfang hatten sie überlegt, Nathan davon zu erzählen, aber das Problem bei Nathan war, dass er ein Geheimnis nicht eine Minute lang für sich behalten konnte. Normalerweise hätte er sie sicher ertappt, aber zum Glück hatte er im Moment andere Sorgen. Denn neuerdings verbrachte er sehr viel Zeit

bei Arun und beobachtete die Zwillinge mit einer Mischung aus Neugier und Entsetzen.
Annas Familie wusste nichts von dem Zoo, weil sie annahm, dass Anna oben war und mit Danny spielte, und Dannys Mutter ahnte überhaupt nichts. Denn Danny und Anna kümmerten sich gleich nach der Schule um ihren Zoo, noch bevor sie nach Hause kam, und an den Wochenenden, an denen sie häufig arbeitete. An den Samstagvormittagen waren nämlich die Schwestern Kent regelmäßige Kunden bei ihr. Überhaupt hätte niemand aus der Villa Paradies (außer dem alten McDonald) daran gedacht, zu einem anderen Frisör zu gehen, solange Dannys Mutter sie auch zu Hause frisieren konnte. Durch all diese zusätzliche Arbeit war Dannys Mutter

sehr beschäftigt, und das Einzige, was sie bemerkte, war, dass das Sumpfwasser unter Dannys Bett verschwunden war. Sie war natürlich sehr erfreut, dass es weg war, und fragte lieber nicht nach, wo es war, für den Fall, dass es dann wieder zurückkäme.

Eines Tages, als Danny allein auf dem Dachboden war, bemerkte er fünf schwarze Klumpen, die von einer Ecke des Daches herabhingen. Er ging hinunter in die Küche, schnappte sich den Küchenstuhl und trug ihn auf den Dachboden. Dann kletterte er auf den Stuhl und pikste die schwarzen Klumpen. Einer der Klumpen bewegte sich. Danny pikste wieder, und der Klumpen breitete einen winzigen, ledrigen Flügel wie einen halben Schirm aus. Danny fiel rückwärts vom Stuhl und plumpste so doll auf den

Boden, dass in seiner Zimmerdecke ein Riss entstand. Als Anna hochkam, war er gerade dabei, eine neue Beschriftung zu machen.

„Fünf wilde Fledermäuse“, stand darauf.

„Wie wild?“, fragte Anna.
Danny zeigte auf die Klumpen, die in der Ecke hingen.
„Sie sehen überhaupt nicht wild aus“, sagte Anna, halb erleichtert und halb enttäuscht. „Sie sehen überhaupt nicht lebendig aus. Sie sehen so tot aus wie meine Raupen. Jch mag die Vögel am liebsten, nach Oskar.“
Die Spatzen flogen jetzt dauernd aus und ein. Eines Tages kam ein Star mit ihnen mit, und am nächsten Tag drei weitere.
„Gut“, sagte Anna. „Vögel sind viel aufregender als Sachen in Gläsern und Klumpen in Ecken und unsichtbare Ratten und Mäuse.“
„Jch glaube nicht, dass Ratten und Mäuse wirklich unsichtbar sind“, sagte Danny. „Jch glaube, sie kommen nachts heraus.“

Aber Anna hoffte sehr, dass sie unsichtbar waren, und schrieb einen speziellen Zettel, um sie zu ermutigen, es auch zu bleiben. Er lautete: „Unsichtbare Ratten und Mäuse. Bitte nicht stören."

Viertes Kapitel

Nach einer Weile kam es Danny so vor, als sei er schon immer Tierpfleger gewesen. Es schien ihm, als habe er schon immer Salat für die Tauben zerkleinert und Brot für die Spatzen und Stare.
Er wurde ein richtiger Experte im Verfolgen der Kriechspuren der herumwandernden Schnecken und im Umgang mit Herrn-Harper-in-der-Schachtel (der bissig war). Gefährlich auf dem Küchenstuhl schwankend, hatte er die Fledermäuse bewundert und ihnen Namen gegeben. Er war begeistert gewesen, als er in seinen Tierbüchern nachgeschlagen und herausgefunden hatte, dass sie sowohl zu den geschützten Tierarten gehörten als auch unangenehm zubeißen

konnten. Sein Zoo, obwohl klein, enthielt seltene und gefährliche Tiere.

„Mein Vater hat heute Morgen einen Fuchs gesehen“, sagte Anna, als sie eines Tages die Treppe zu ihm hochtrampelte. Danny starrte sie an.
„Er hat gesagt: ‚Erzähl’s nicht aller Welt, aber erzähl’s Danny.‘ Er wusste, dass du dich freuen würdest.“
„Einen Fuchs?“, fragte Danny, und sein Herz machte einen Sprung. Jhm war klar, dass er für seinen Zoo unbedingt noch einen Fuchs brauchte.
„Er ist unsere Straße runtergegangen!“
„Unsere Straße runtergegangen?“
„Ganz früh heute Morgen, als Papa von der Arbeit nach Hause kam.“
„Machst du Witze? Das ist doch bloß ein Scherz“, sagte Danny.
„Jst es nicht.“
„Vielleicht war’s ein Hund, und er hat’s verwechselt.“

„Natürlich nicht."
„Oder eine Katze. Es könnte eine rote Katze gewesen sein."
„Dann frag ihn doch selbst", sagte Anna leicht verärgert.

Danny tat es, und Annas Vater bestätigte, dass er wirklich einen Fuchs gesehen hatte, der früh an diesem Morgen die Straße entlanggeschlichen sei.
„Glauben Sie, dass es vielleicht ein zahmer Fuchs war, der entlaufen ist?", fragte Danny.
„Es war ein echter wilder Fuchs, ganz alleine, der die Straße runtergegangen ist", sagte Annas Vater. „Es gibt Füchse in London. Jch hab schon früher welche gesehen. Aber sprich nicht allzu viel drüber, Danny. Nicht alle mögen sie gern um sich haben."

An diesem Tag saß Danny wie betäubt in der Schule. Als er am späten Nachmittag auf den Dachboden zurückkehrte, wirbelten Träume von einem Fuchs und lauter listige Pläne in seinem Kopf durcheinander.

„Hallo!“, sagte Anna, die diesmal schon vor ihm da war. Es störte sie nicht mehr, allein auf dem Dachboden zu sein. Sie und Danny hatten so viele Dachziegel verschoben, dass es nun ganz hell und gemütlich war. Sie saß in einem Sonnenfleck und polierte Schnecken mit Watte und Butter, eine schöne Arbeit, die die Schnecken wie frische Kastanien glänzen ließ.

„Jch hab dir drei übrig gelassen!“, sagte sie zu Danny.

„Drei was?“

„Schnecken, um sie zu polieren.“

„Danke“, sagte Danny geistesabwesend. „Als ich gekommen bin, waren ein Star und drei Spatzen da“, erzählte Anna ihm. „Sie sind gerade weggeflogen, als ich die Treppe hochkam.“

„Jch würd mir wünschen, dass sie nicht wegfliegen“, sagte Danny. „Jn einem richtigen Zoo müssten sie bleiben.“

„Du darfst keinem von diesem Fuchs erzählen“, warnte Anna.

„Jch bin doch nicht doof“, antwortete Danny und polierte eine Schnecke.

Er hatte den Kopf voller Fragen. „Jch hätte gern einen Fuchs."
„Jch hätte gern einen Elefanten", sagte Anna.
„Nein, ich meine in Wirklichkeit."
„Jch auch", sagte Anna. „Jch würde auf ihm zur Schule reiten."

Bei der Erwähnung der Schule fragte sich Danny, ob Herr Harper wohl die Antworten auf einige seiner Fragen wüsste.

Am nächsten Morgen, mitten in der Mathestunde, meldete er sich und fragte: „Herr Harper?"
„Ja?", sagte Herr Harper.
„Können Sie Füchse zähmen?"
„Jch?", fragte Herr Harper. „Jch kann überhaupt nichts zähmen! Jch bin mal von einem Eichhörnchen angefallen worden!"
„Gibt es Leute, die das können?", fragte Danny, der Annas zornigen Blick von der anderen Seite des Klassenzimmers nicht beachtete.
„Was meinst du mit zähmen?", fragte Herr Harper.

„Oh“, sagte Danny. „Dass er nicht beißt und dass er kommt, wenn man ihn ruft, und macht, was man ihm sagt.“

„Warum sollte er?“, fragte Anna und rutschte unruhig auf ihrem Stuhl herum.

„Ganz meine Meinung“, sagte Herr Harper. „Jch bin sicher, dass es möglich ist, Danny, aber warum eigentlich?“

Danny war schon nahe daran zu antworten, dass der Fuchs gezähmt sein müsste, wenn er auf seinem Dachboden leben würde, aber zum Glück rettete ihn Arun, der dazwischenrief: „Unsere Zwillinge müssten gezähmt werden. Die beißen. Einer von ihnen hat Nathan gebissen!"
„Da werden sie herauswachsen", sagte Herr Harper ermutigend, „so wie Nathan älter wird und zäher und immer ungenießbarer … Und nun zurück an die Arbeit! Was machst du denn da, Nathan?"
Nathan, der heimlich damit gekämpft hatte, seine Hose auszuziehen, um Peter seinen Biss zu zeigen, zog sie schnell wieder hoch, und die Stunde ging weiter.

„Du hättest fast von dem Fuchs meines Vaters erzählt!", sagte Anna anklagend, sobald sie Danny draußen allein erwischte.

„Hätte ich natürlich nicht. Jch wollte nur wissen, ob es möglich ist."

„Was möglich ist?", fragte Anna.

„Mit den Vögeln ginge es in Ordnung", fuhr Danny fort. „Sie würden wegfliegen, wenn er ihnen zu nahe kommt. Und ich nehme an, die Ratten und Mäuse hätten auch genug Plätze, wo sie sich verstecken könnten, und die Fledermäuse wären völlig sicher …"

„Danny!", sagte Anna.

„Die Schnecken müssten wir wegbringen und die Raupen und Herrn-Harper-in-der-Schachtel und die Asseln."

„Danny!", explodierte Anna.

„Er wäre eine prima Gesellschaft für Oskar!"

„Er würde Oskar fressen!"

„Sei nicht dumm. Oskar ist ein Fisch! Er wäre sicher in seinem Glas."
„Er würde das Wasser trinken und Oskar dann fressen! Aber selbst wenn er Oskar nicht frisst, es ist eine schreckliche Jdee!

Du kannst ihn nicht fangen! Der arme Fuchs!“

„Wir könnten ihn zähmen“, argumentierte Danny. „Und er hätte den ganzen Dachboden zum Spielen und jede Menge

Futter, und er hätte es schön und trocken, und wir würden uns um ihn kümmern."
„Das ist unmöglich", sagte Anna.
„Wir könnten ihn Rufus nennen", sagte Danny. „Wenn er sich an uns gewöhnt hat, könnten wir ihn an die Leine nehmen und mit ihm spazieren gehen."
„Du würdest ihn sowieso nie kriegen", sagte Anna. „Wie denn auch?"
„Weiß ich noch nicht", sagte Danny. „Wenn er wirklich zahm ist, würde Mama ihn vielleicht nachts auf meinem Bett schlafen lassen. Es wäre, als ob ich einen Hund hätte, nur hundertmal besser."
Plötzlich bekam der Zoo auf dem Dachboden, der ein schönes geheimes Spiel gewesen war, für Anna etwas Erschreckendes. Sie war sich völlig sicher, dass Danny den Fuchs nicht

fangen könnte, aber sie wusste sehr gut, dass er es tun würde, wenn er es könnte. Und er würde ein neues Schild machen, auf dem stehen würde: „Zahmer wilder Fuchs".

Anna war der Meinung, dass es so etwas wie zahme wilde Füchse nicht geben sollte.

„Jch hasse deinen Zoo!", rief sie plötzlich. „Du bist grausam!"

Danny, der jedes einzelne Mitglied des Zoos liebte, bis hin zur letzten Raupe und unsichtbaren Maus, sah sie ungläubig an.

„Jch wünschte, ich hätte dir Oskar nie geschenkt!", sagte Anna.

Einen furchtbaren Moment lang dachte Danny, dass er anfangen würde zu heulen. Er presste beide Augen fest zusammen, und als er sie wieder öffnete, war Anna verschwunden.

Nach der Schule konnte er es kaum ertragen, nach Hause zu gehen. Er ging so langsam wie möglich zur Villa Paradies zurück und blieb noch draußen, um halbherzig mit Nathan Fußball zu spielen. Als Nathan sein zwanzigstes Tor schoss (gegen zwei für Danny), gab er auf und ging hinein.
Jn der Eingangshalle war Anna nirgends zu sehen. Sie antwortete nicht, als er an ihre Tür klopfte. Bei ihm war niemand zu Hause. Er kletterte die Dachbodentreppe hinauf, und da war kein Zoo mehr.
Nichts war übrig. Die Kartons und Gläser waren weg. Die Zettel waren weg. Die Zooküche war verschwunden, und Vögel waren auch keine da. Der Zoo war wieder ein Dachboden, graue Ziegel, graue Spinnweben und graue, staubige Dielenbretter.

Nichts war übrig außer Oskar, der mitten auf dem Fußboden in seinem Glas Runde für Runde schwamm.

Fünftes Kapitel

Danny tat, was er immer machte, wenn es ihm schlecht ging. Er kroch in sein Bett unter die Decke und dachte nach. Damit nicht zufällig auch nur ein Lichtstrahl die Dunkelheit seiner Gedanken stören konnte, presste er die Augen fest zusammen und drückte sein Gesicht ins Kissen. Und sofort beschloss er, dass das Einzige, was er tun konnte, war, für immer im Bett zu bleiben. Als er das entschieden hatte, rollte er sich zu einem unbequemen Haufen zusammen und wartete ab, was als Nächstes passieren würde.

Als Nächstes kam seine Mutter nach Hause.

„Danny, sag mir, was los ist!“, sagte sie, sobald sie entdeckte, wo er war, und umarmte so viel von dem Haufen auf dem Bett, wie sie mit ihren Armen fassen konnte.

Das war schwer, denn Danny und die Decke waren in einer ungünstigen Jgelform zusammengerollt. Nichts außer Dannys schmutzigen Turnschuhen guckte heraus. Sie hatten schwarze Streifen auf dem sauberen Laken hinterlassen.

„Nichts ist los“, murmelte der Hügel im Bett.
„Fühlst du dich krank? Hast du dir wehgetan?“
„Nein“, sagte der Hügel.
„Gibt’s Probleme in der Schule?“
„Nein.“
„Was hast du zerbrochen?“, fragte Dannys Mutter, der plötzlich einfiel, dass Danny sich damals auch im Bett verkrochen hatte, als Nathan und er aus Versehen die Uhr aus dem Fenster geworfen hatten.
„Nichts“, sagte der Hügel empört.
„Mit wem hast du dich dann gestritten?“
Diesmal antwortete der Hügel nicht, sodass Dannys Mutter wusste, dass sie richtig vermutet hatte.
„Nathan?“, fragte sie. „Arun? Robert oder Peter?“

„Niemand, der wichtig ist“, sagte Danny.
„Warum heulst du dann?“
„Jch heule nicht!“, sagte Danny, der plötzlich unter der Decke hervorschoss.
„Jch hab einfach die Nase voll!“
„So?“, sagte seine Mutter.
„Von dieser blöden Anna.“
„Anna!“, rief Dannys Mutter. „Wie hast du es denn bloß geschafft, dich mit Anna zu streiten?“

„Hab ich nicht. Sie hat sich mit mir gestritten.“

„Jch kann mir nicht vorstellen, dass Anna sich mit irgendjemandem streitet“, sagte Dannys Mutter ärgerlich, weil sie so besorgt gewesen war. „Guck dir mal die Flecken an, die du auf dem Bett gemacht hast! Das nächste Mal, wenn du eingeschnappt ins Bett gehst, zieh dir erst die Schuhe aus!“

„Es ist alles Annas Schuld“, sagte Danny, schleuderte seine Turnschuhe weg und verkroch sich wieder unter der Decke.

„Deine Oma hat schon Recht“, sagte Dannys Mutter. „Du bist eine furchtbar beleidigte Leberwurst!“

Diese taktlose und unmütterliche Bemerkung munterte Danny nicht auf und ließ ihm keine andere Wahl als den ganzen Abend im Bett zu bleiben. Die erste Stunde etwa verbrachte er schmollend und die nächsten zwei oder drei in Selbstmitleid versunken. Dabei dachte er sich Strafen für Anna aus. Dann aber wurde er langsam hungrig, da er es abgelehnt hatte, zum Abendessen zu erscheinen. Als er einmal angefangen hatte, an Essen zu denken, konnte er nicht mehr damit aufhören, und sobald er annahm, dass seine Mutter im Bett sei, schlich er in die Küche und machte sich zwei große Käsebrote mit Gurken. Die Gurken waren so sauer, dass sie ihm wieder Mut machten. Vielleicht würde er doch nicht für immer im Bett bleiben. Beinahe vergnügt schnitt er sich ein Stück von Omas furchtbarem, ziegelsteinähnlichem Pfefferkuchen ab (der gewöhnlich nur im Notfall gegessen wurde) und nahm es mit ins Bett.

Während er vorsichtig daran herumnagte, begann Danny Pläne für einen neuen Zoo zu schmieden. Die Vögel und die Ratten und die Mäuse würden wiederkommen. Die Fledermäuse würden noch unter dem

Dach hängen, und ein Fuchs war tatsächlich dabei gesehen worden, wie er die Straße hinuntergegangen war.
Oskar ... Aber an Oskar wollte er jetzt nicht denken. Mehr Schnecken und Käfer und Jnsekten konnte er leicht sammeln.
Und im Park gab es Eichhörnchen, die praktisch schon zahm waren ...
Es dauerte ziemlich lange, bis Omas Pfefferkuchen gegessen war. Jhre Augen waren nicht sehr gut, und manchmal backte sie aus Versehen unangenehme Überraschungen mit ein. Danny hatte schon oft Milchflaschenverschlüsse und Streichhölzer und Eierschalen und einmal sogar (grauenhaft!) ein Brillenputztuch gefunden. Es war wirklich ein Glück, dass er dieses Stück unverletzt überstand.
Danny konnte sich nicht erinnern, wann er das vorher jemals erlebt hatte.

Vielleicht bedeutet das Glück für den neuen Zoo, dachte er müde und schlief ein.

Jn dieser Nacht träumte Danny von Zoos. Jn seinem Traum war er in einem Zoo. Er war in einem Käfig, und die Tiere beobachteten ihn.
Jch muss aufwachen, dachte Danny im

Schlaf, und mit äußerster Anstrengung schaffte er es, die Augen aufzumachen. Aber es half nichts. Anscheinend schlief er noch immer, denn die Tiere beobachteten ihn nach wie vor. Dutzende und Aberdutzende Tiere. Hunderte Augen starrten ihn an.

Jch muss flüchten!, dachte Danny verzweifelt und begann, sich in seinem Käfig hin und her zu drehen, aber es gab keine Ecke, in der er sich hätte verstecken können.

Alles war voller Tiere, die ihn anstarrten.

Er griff nach dem Fenster, aber es war vergittert.

Gewöhnlich sind Träume stumm, aber dieser war es nicht. Die Tiere, die ihn umringten, sahen ihn nicht nur an. Sie brüllten auch und heulten und schlugen mit den Flügeln und trampelten.

„Lasst mich raus!“, schrie Danny. „Lasst mich raus! Lasst mich raus!“ Und diesmal wachte er wirklich auf. Die Tiere wurden zu Tapetentieren, und das Fenster wurde das gewöhnliche altmodische Fenster mit dem vertrauten Gitter. Das Licht war an, und seine Mutter umarmte ihn. Danny hörte auf zu schreien, aber die Tiere hörten nicht auf zu brüllen.

„Wenn das noch lange so weitergeht, wird wohl das Dach wegfliegen!“, sagte Dannys Mutter. „So einen Wind hab ich noch nie erlebt!“
„Wind?“, fragte Danny und hörte verblüfft auf das Brüllen und Heulen über seinem Kopf.
„Was denkst du denn, was es war?“
„Ich hab geträumt, dass mich Tiere anfauchen!“

„Geschieht dir ganz recht, wenn du dich mitten in der Nacht mit Käsebroten voll stopfst“, sagte seine Mutter. „Da würde jeder Albträume kriegen!“
Sie lachte über Dannys erstauntes Gesicht, aber plötzlich verwandelte sich das Lachen in ein Kreischen, als etwas sehr Schweres dumpf auf der Zimmerdecke über Dannys Bett aufschlug. Der Riss, der entstanden war, als Danny auf dem Dachboden vom Stuhl gefallen war, wurde plötzlich schwärzer und breiter, und Mörtel rieselte hinunter.
„Das war ein Dachziegel!“, rief Dannys Mutter. „Menschenskind! Hör dir das bloß an!“
Dann gab es ein polterndes und schlitterndes Geräusch und einen Moment später einen lauten Knall, als ein weiterer Ziegel im Garten landete. Danny

und seine Mutter flitzten los, um die Tür zum Dachboden aufzuschließen, öffneten sie und blickten hinauf in die Dunkelheit. Sie starrten direkt in den Himmel, und ein heller Mond schien durch schaumartige, dahinjagende Wolken. Jm Dach war ein riesiges Loch.

„Oskar! Oskar! Oskar!“, schrie Danny und begann, die Treppe hochzurennen. Einen Moment später polterte er sie rückwärts wieder hinunter. Seine Mutter hatte wie ein Rugbyspieler seine Knöchel gepackt und ihn zurückgezerrt.

„Oskar ist da oben!“, rief er und versuchte, sich aus ihrem Griff zu befreien.

„Sei nicht so dumm, Danny!“, rief seine Mutter. „Was denkst du denn? Oskar ist wahrscheinlich bei Anna gut versorgt!“

„Jst er nicht“, sagte Danny. „Er ist oben auf dem Dachboden! Wir haben ihn da vergessen!“

Sechstes Kapitel

Der Sturm blies durch das Loch im Dach und die Treppe hinunter und riss wieder Ziegel ab. Als Dannys Mutter die Tür zuknallte, blies der Wind noch in den Dachboden, aber jetzt konnte er nicht mehr heraus.

Bumm! Bumm! Bumm!, machte das Dach der Villa Paradies immer wieder, lauter und leiser, so wie der Wind versuchte zu entkommen.

„Oskar! Oskar! Oskar!“, jammerte Danny.

Jch habe einen furchtbaren Traum!, dachte Dannys Mutter, als sie sich an die Tür lehnte und gegen den Lärm die Ohren zuhielt. Und in meinem furchtbaren Traum gehe ich auf den Dachboden (der voller Spinnen ist), um einen Goldfisch zu retten, weil vielleicht das Dach wegfliegt.

Und während sie sich sagte, dass sie hoffentlich bald aufwachen würde, zog sie die Tür auf, kletterte die Treppe hoch und packte Oskar.
Sie wich zerbrochenen Dachziegeln, Mörtel, wehenden Spinnweben und Spinnen aus und verzog sich wieder nach unten, so schnell sie konnte.
Ein paar Augenblicke später war die Villa Paradies hellwach. Die Erwachsenen eilten die Treppen hoch und runter. Sie untersuchten den Schaden und schrien wild durcheinander. Dabei waren sie sich einig, dass es höchste Zeit war, ein neues Dach zu bekommen.
„Jedenfalls besser, es kommt im Sommer runter als im Winter“, sagte Annas Vater vergnügt. „Und es ist fast vorbei. Der Sturm hat schon nachgelassen.“
Der Wind legte sich so schnell, wie er

gekommen war. Die Straße war wieder ruhig und beinahe beschaulich. Plötzlich fanden alle, dass es nicht notwendig war, laut herumzuschreien. Es war fast Morgen.
Oben in Annas Zimmer saßen Danny und Anna erschöpft vor Aufregung und Erleichterung und hielten Oskar in seinem Glas krampfhaft fest.

„Deine Mama ist eine Heldin“, sagte Anna. „Der ganze Sturm! All die Ziegel, die runtergekracht sind …“

„Und all die Spinnen!“, sagte Danny. „Das war das Schlimmste für sie.“

„Hat sie nicht gefragt, was Oskar auf dem Dachboden gemacht hat?“

„Nein“, sagte Danny. „Jch hab versucht, es zu erklären, aber sie hat sich die Ohren zugehalten und gesagt: ‚Bitte, erzähl’s mir nicht! Bitte, erzähl’s mir nicht! Weißt du, was ein neues Dach kostet?‘“

„Oh“, sagte Anna.

„Also hab ich die Klappe gehalten“, sagte Danny.

„Weiß sie was von dem Zoo?“

„Nein. Niemand weiß davon, außer mir und dir und Oskar.“

„Jch frag mich, ob deine Mutter denkt, dass die Ziegel wegen uns

runtergekommen sind“, sagte Anna. „Jch glaub, wir haben sie ein bisschen zu viel verschoben.“
„Wir haben Löcher gemacht“, gab Danny offen zu.
„Na ja“, sagte Anna tröstlich. „Der alte McDonald hat Papa erzählt, er predige schon seit Jahren, dass die Villa Paradies ein neues Dach braucht, und das hat bewiesen, dass er Recht hatte. Jch war dabei, als sie darüber geredet haben. Man konnte sehen, dass der alte McDonald ganz erfreut war.“
„Jetzt braucht sie bestimmt ein neues Dach!“, sagte Danny.
Es war jetzt hell genug, um alles zu sehen. Anna ging zurück ans Fenster und starrte gebannt und entsetzt auf die Ziegelstücke, die zerschmettert im Garten lagen.

„Komisch, all der Schlamassel einfach wegen ein paar kleinen Löchern“, bemerkte sie. „Gut, dass ich alle Tiere rausgelassen habe! Wenn nicht, wäre der ganze Zoo weggeweht.“

„Wär er wohl“, sagte Danny. „Was hast du mit ihnen gemacht?“
„Jch hab sie dahin zurückgebracht, wo wir sie herhatten. Die Fledermäuse hab ich nicht angerührt, aber sie flogen von selbst weg, als ich eine Taube verscheucht hab, die nicht gehen wollte.“
Danny wartete etwas, um zu sehen, ob sie sich entschuldigte, aber sie tat es nicht.
„Du solltest nicht losgehen und sie wiederholen“, sagte sie zu ihm.
„Will ich auch gar nicht“, sagte Danny.
„Jch hab beschlossen, dass ich Tiere lieber draußen mag.“
„Jch auch“, stimmte Danny zu und erinnerte sich an seinen Traum.
„Auch Füchse?“, fragte Anna und drehte sich um, um ihn anzusehen, und ihre Augen leuchteten vor Aufregung.

„Besonders Füchse", sagte Danny.
„Dann komm und guck!", drängte Anna.
„Da! Er läuft an der Mauer entlang!"
Zusammen standen sie da und starrten voller Freude hinaus, als der Fuchs näher kam. Er flackerte wie eine Flamme neben den Büschen und Mauern, rotgolden im Licht der aufgehenden Sonne und im Schatten ein dunkler, schwacher Schimmer. Manchmal flitzte er in Torwege und Einfahrten, aber er erschien immer wieder, jedes Mal ein bisschen näher. Bald konnten Anna und Danny deutlich seinen dicken, weichen Pelz und seine dunklen, gespitzten Ohren sehen.
Die Tür öffnete sich leise, und Annas Vater kam herein.
„Guckt mal aus dem Fen…", begann er.
„Oh! Jhr seid ja schon da! Jst er nicht schön?"

Noch bevor sie zustimmen konnten, öffnete sich die Tür wieder.
„Hier sind sie!“, flüsterte Annas Mutter.
„Schnell“, sagte Dannys Mutter, die ihr folgte. „Schnell! Alle beide … Oh! Jhr habt ihn schon entdeckt!“
„Ja“, sagte Anna.
Einen Moment später klopfte es, und die Schwestern Kent kamen herein.
„Wir haben uns gedacht, dass Danny hier ist“, sagten sie. „Du glaubst ja nicht, was der Hausmeister uns gerade … Oh, gut! Du hast ihn schon entdeckt!“
„Danke, dass Sie gekommen sind, um es mir zu sagen“, sagte Danny und machte Platz, sodass sie auch hinausschauen konnten.
„Hallo, Nathan!“, fügte er hinzu, als Nathan ins Zimmer platzte.
„Papa sagt, ich soll dir sagen, dass da …

Guckst du ihn dir schon an? Jst es wirklich ein Fuchs? Lass mich sehen, bevor er verschwindet!“

„Dann schnell!“, sagte Danny. „Komm her ans Fenster. Er kommt gerade in den Garten.“

Der Fuchs durchquerte den Garten und verschwand aus dem Blickfeld, und die Leute am Fenster seufzten.
„Weg!“, sagte Anna, und der Bann war gebrochen. Alle erinnerten sich plötzlich daran, dass sie nicht angezogen oder gewaschen oder gekämmt waren und dass das Dach in der Nacht weggeweht war. Nathan verschwand, so schnell er konnte, als er zu seinem Entsetzen bemerkte, dass er den rosafarbenen Morgenmantel seiner Mutter anhatte. Die Schwestern Kent blickten gegenseitig auf ihre Lockenwickler und eilten beschämt davon. Annas Eltern gingen mit Dannys Mutter hoch, um sich den Schaden anzusehen, und entfernten alle verirrten Spinnen, die nach unten geweht worden waren. Danny und Anna blieben allein zurück. Sie sahen sich an, und sie

schauten Oskar an, den unschuldigen Grund für all die nächtlichen Aufregungen. Überall im Haus fragten Stimmen dieselbe Frage: „Wie konnte das nur passieren? Wie konnte das nur passieren?“

„War es nicht unglaublich stürmisch?“, fragte Anna artig, und ihre Augen sagten: „Jch werd nie was erzählen!“

„Ja, es war wirklich sehr stürmisch“, stimmte Danny genauso artig zu und nickte, um ihr zu zeigen, dass er verstanden hatte.

Hilary McKay wurde 1959 in Lincolnshire geboren. Sie studierte Botanik, Zoologie, Englisch, Kunstgeschichte und Psychologie und versuchte sich in verschiedenen Berufen, bevor sie anfing zu schreiben. Jm „Blauen Raben“ sind von ihr bereits die Bücher „Warum habt ihr nichts gesagt?“ und der zweite Band der „Villa Paradies“, „Der Schatz im Garten“, erschienen.

Karoline Kehr wurde 1964 in Bad Salzuflen geboren. Sie studierte Gestaltung mit Schwerpunkt Jllustration an der Fachhochschule Hamburg. 1994 gründete sie mit acht anderen Jllustratoren das „atelier 9“ und arbeitet seitdem als freischaffende Jllustratorin und Autorin. Für den „Blauen Raben“ hat sie auch den zweiten Band der „Villa Paradies“, „Der Schatz im Garten“, illustriert.